‹ 给未来工程师的启蒙绘本 ›

机器每天都在做什么?

[英] 乔·纳尔逊 / 著　　[塞尔维亚] 亚历山大·萨维奇 / 绘　　陈宇飞 / 译

青岛出版集团 | 青岛出版社

目 录

探索之旅即将开始,你准备好了吗?
一起去看看机器们的日常工作吧!

第3页

农 场

第14页

办公室

第6页

工 地

第18页

宠物医院

第10页

住 宅

第22页

汽车制造厂

第26页
片 场

餐馆的厨房

第30页
火车站

第47页
城 市

第35页
道 路

第50页
矿 井

第54页
主题公园

第38页
海 港

第58页 ………… 索 引

这次旅行，我们要去参观 14 个不同的场所。参观完每个场所，我们还会了解那里的 8 种专用机器。这些机器已经在前面的工作场所里出现了，而且呈现着工作时的样子，你能找到它们吗？

我们周围有各种各样的机器。它们形态各异，小的可以拿在手里，大的如成年人一般高，或者比汽车还要大。人们发明和创造机器，是为了让生产生活更加便利。那么，机器每天都在做什么呢？

机器不知疲倦地运转，振动发声，做着各种专职工作。有些机器需要人来操纵——或扶着，或推着，或坐在驾驶位上；有些机器则按照编好的程序自动运转。

为了适应不同岗位和不同场地的需要，人们精心设计制造了多种多样的机器。它们可能装配了粗壮的轮子、机械手臂、闪烁的灯光，甚至旋转的刀片。

来吧！加入我们的探索之旅，相信你会有很多新发现。无论在雨后泥泞的农场、干净整洁的医院、尘土飞扬的矿井，还是紧张忙碌的片场，到处都有机器在大显身手。只有你想不到，没有它们做不到！

农 场

正值农忙时节,农场里机器轰鸣,呈现出一片繁忙的景象:有的在耕地,有的在播种,有的在收割庄稼。除了这些,还要挤牛奶,剪羊毛,割牧草……每天都有好多活儿要干!

当成熟的麦田翻着金黄色的麦浪时,我就出动了。我一边割倒麦秆,一边把麦粒从穗儿上分离出来。

我可以牵引拖车、割草机、犁等机器工作。我的轮子又大又宽,很适合在凹凸不平的地面上行驶。

我用厚厚的犁铧耕地,打碎泥土块,疏松土壤,为播种做好准备。

我负责把细小的种子均匀地播撒下去——它们嗖嗖地通过管道,落进泥土里,成行成垄地分布着。

一辆拖拉机牵引着我,行驶在碧绿的牧草地里。牧草长得又高又密,我用锋利的刀刃把它们割倒。

我负责把割倒的牧草收拢打包,压缩成草卷或草块。它们晾干后就成了牲畜们过冬的饲料。

把我的挤奶杯组接在奶牛的乳房上,挤出来的牛奶就可以通过导管输送到储奶桶里。

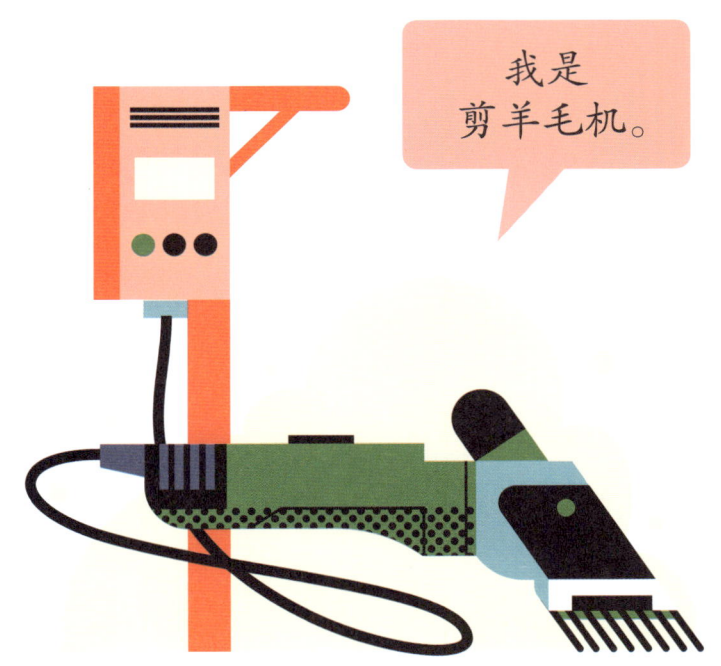

我把绵羊身上柔软蓬松的毛剪下来,它们会被加工成毛线。

工 地

尘土飞扬的工地上，到处都是大大小小的机器。它们在忙碌地工作着：有的在挖掘，有的在钻孔，有的负责吊装，有的负责搬运……在荒地上建起供人们居住的高楼大厦。

我那长长的液压臂前端有一个铲斗。我可以用它挖土,然后把土倒进自卸车的车斗里。

我负责运输沙土和石子。到达目的地后,我就升起车斗,把装载的东西全都倒出来。

我负责运输混凝土。在运输过程中,我会保持搅拌筒转动,防止里面的混凝土凝固。到了工地后,我就用一根长长的管子把混凝土输送到需要的地方。

我的机身很高,有长臂,可以把又大又重的施工材料高高地吊起来,送到在建的高楼上。

我一边滚动着宽大的履带前进，一边用前端的推土铲平整地面。

"桩子"是一种坚固的柱子，我负责把它们砸进地里，使建筑物基础坚固。

我的支架可以像剪刀一样开合，从而实现平台升降，把建筑工人送到不同高度的地方工作。

我把建筑的地面夯实砸平，方便铺设地板。

住宅

不论在室内还是在院子里,都有很多种机器为人们服务。正是因为有它们的存在,我们的家才能变得这么舒适、温暖和整洁。你知道家中的每一样机器分别做什么吗?

我是热水器。

我负责加热自来水,通过管道把热水输送到水龙头、淋浴器还有暖气片中。

我是洗衣机。

请把脏衣服交给我来处理吧!浸泡,洗涤,漂洗,脱水……你的衣服可以晾晒啦!

我是滚筒式干衣机。

我快速转动滚筒,用热空气流把衣服里的水分蒸发出来并排出去,让衣服变得干爽。

我是电冰箱。

我的身体分成两个部分,一半可以让食物保持新鲜,另一半可以把食物冷冻起来。低温条件下,细菌更难繁殖,食物可以保存得更久。

我是
抽水马桶。

我是人们大小便用的卫生器具。当你按下冲水扳手时,我会利用水流在排水管内产生的吸力将它们排进下水道。

我是
吸尘器。

无论散落在地板上的灰尘、食物残渣还是其他细碎的脏东西,我都可以轻松地吸走。给我装上特殊的吸嘴后,我还可以清理地毯和犄角旮旯(gā lá)。

我是
打草机。

我的前端转盘上有一根又长又很耐磨的尼龙绳。当转盘带着尼龙绳飞快地旋转时,再顽固的杂草都不是我的对手。

我是
草坪割草机。

推着我在草坪上来来回回地走几趟,我那高速旋转的刀片就会把草坪修剪得平平整整。割下来的草已经被我吸进集草袋里了。

13

办公室

办公室人员通过使用电子设备来提高工作效率。除了最重要的计算机，办公室的高效运作也离不开其他机器。

我是电梯。

在你按下楼层按钮后,我会先关上轿厢的门,然后让楼顶的电机拉动钢丝绳,带你上升或下降到你想去的楼层。

我是碎纸机。

我负责把废弃的重要文件撕成很多细小的纸条,让别人无法阅读其中的内容,以免泄露商业机密。

我是计算机。

我不但会记录、存储和处理信息,还可以跟打印机、互联网和其他网络相连,执行不同的任务。

我是打印机。

为了方便打印、扫描和复印文件,我的身体里总是备着油墨和几种不同尺寸的纸。

我是咖啡机。

我把咖啡豆压扁，研磨成粉，然后加上热水煮成咖啡。

我是制冷饮水机。

只要把水放进我的身体里制冷一阵，你就可以喝上让人神清气爽的冰水了。

我是空调。

在炎热的夏季，我用冷却剂把空气中的热量带走，再用风扇加快空气流动，让办公室保持凉爽。

我是干手器。

我喷出细细的气流，为你迅速吹干手上的水分。

宠物医院

宠物医院是给家养动物做体检和看病的地方。兽医们使用的许多机器都很智能：有的能检测出动物体内的情况，有的能帮助动物恢复健康……

只要动物站上来,我就能"告诉"兽医它有多重,让兽医根据数据判断它的健康状况。

我向动物体内发送超声脉冲,然后利用回声来生成动物体内的图像。

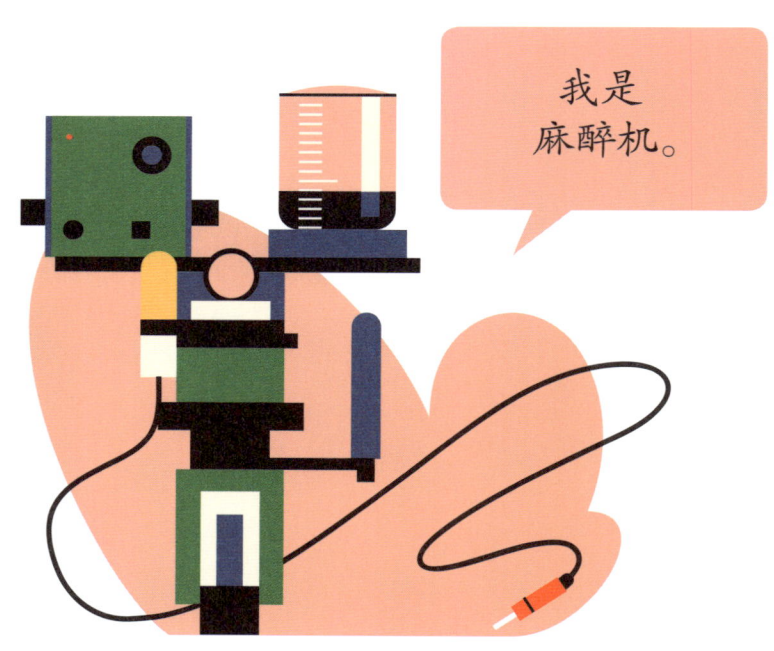

我用特殊的气体让动物暂时失去知觉,这样它们就能在睡梦中比较舒适地接受手术了。

如果动物的心脏无法正常工作,我就放电刺激心脏,让它尽可能地恢复正常跳动。

我用 X 射线给动物的骨骼拍摄影像。兽医看看片子，就能知道动物有没有骨折。

我是一根前端装有摄像头的管子，可以深入动物体内拍摄影像。我不仅能让兽医在屏幕上看到动物体内的实时情况，还能协助他们做高精度微创手术。

血液由血浆、红细胞、白细胞和血小板组成。我可以分别统计这些成分的数目，帮助兽医诊断疾病。

我的镜头可以把微小的物体放大很多倍，兽医常常利用我来观察肉眼看不到的微生物。

汽车制造厂

这里有很多高科技机器：既有借助轮子或沿着轨道移动来搬运汽车零部件的运输机器，又有在装配线上执行精细化操作的机器人……制造汽车的过程让人眼花缭乱！

我是取料抓手。

我沿着天花板上的导轨移动，用大金属钳夹住金属板卷，然后把它运送到需要的地方。

我是裁断机。

我把金属板卷展开，吞进肚子里，按照合适的尺寸，切成多个矩形金属板，方便后续加工。

我是自动导引车。

我是无人驾驶的搬运车，沿着地板上规划好的磁力线行驶，把汽车零部件运送到目的地。

我是焊接机器人。

我用高温熔化金属，把不同的汽车零部件连接起来。这就是我做的焊接工作。

我把矩形金属板挤压成不同的形状,制作出大大小小的汽车零部件,比如车门、发动机盖等。

我在汽车厂里搬运汽车零部件——先把前端的钢叉伸到零部件的下面,然后把它们举起来,运到别的地方去。

我负责给汽车的外壳均匀地喷上一层锃亮的彩漆。别担心,我穿着一身特殊的"衣服",不会被油漆弄脏的。

我的机械手臂可以朝各个方向移动。我拿起汽车座椅或车窗,小心而精准地把它们装进车身。

片 场

灯光，摄像，开拍！片场的拍摄活动正有条不紊地进行着。在多种机器的帮助下，剧组的工作人员可以选取最佳的拍摄角度，获得高质量的声音，捕捉到精彩的镜头，从而成就一部大片。

我伸长吊臂,把强光灯提升到片场的上空。这样一来,它就可以给地面的拍摄活动提供照明了。

我用广角镜头捕捉在我面前移动的影像。

我扛着摄像机在一小段轨道上进行移动拍摄,并能保持镜头稳定。

我专门收录来自四面八方的不同的声音,然后把它们传输到调音台。对了,用来固定我的那根杆子叫"挑杆"。

我把麦克风收集到的声音汇总起来，协助调音师调整音量、减少噪音，把音质调到最佳。

我是一个可以摇动的机械臂，固定在一个带轮子的三脚架上。我可以把摄像机举到合适的位置，并保持不动。

拍摄现场附近如果没有市电电源，就得靠我给大家供电了。

我出现在每个镜头的开头，上面写着拍摄日期和场次等。当我被"咔"地一声合上时，表演和拍摄就开始了。

火车站

无论购买车票、零食,还是查看列车信息,或是检票进站,你在火车站里总少不了跟机器打交道。

我是自动售票机。

我集计算机和打印机的功能于一身！你选好目的地，及时支付费用，我立刻就能为你打印出车票。

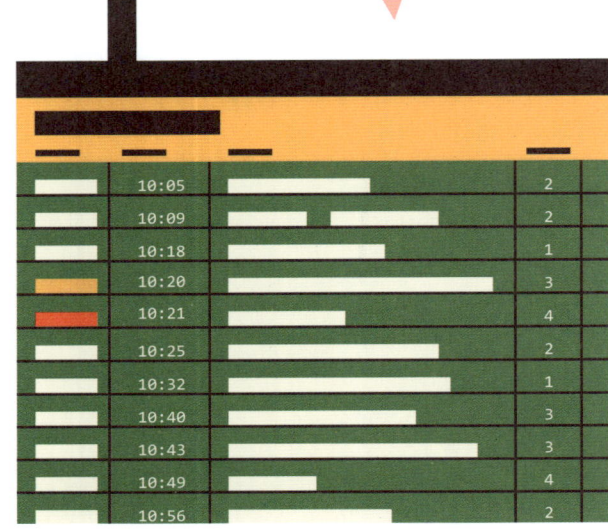

我是车次电子显示屏。

我负责展示当前所有车次的信息，包括火车到站和离站的时间，还有登车的站台等。

我是电动摆渡车。

我由专人驾驶，负责往站台运送行李。我是电动车，行驶起来声音很小。

我是机车。

我是内燃机车，靠燃烧柴油来获得动力，只能在铁路的钢轨上跑。普通火车的车厢就是由我这样的"大力士"拉着跑的。

我是
自动检票机。

请把车票插入进票口,或者放到识别区,让我扫描一下票上的条形码——嘀!闸门开了,请进站吧。

我是
自动售货机。

肚子饿了?看看这些小零食吧。选好想吃的食品,把钱塞进投币口或者扫码支付,我就会把它推进底部的取货口,方便你拿走。

我是
打夯机。

我把碎石子推到钢轨的下方,这样可以让路基更加坚实,防止轨道移位。

我是
打磨机。

如果钢轨生了锈或者变得坑坑洼洼,我会对它进行全方位的磨削处理,让火车能安全、平稳地运行。

道　路

宽阔的马路上,每天都有很多辆汽车来来往往,有小轿车、大卡车……除此之外,还有很多帮助人们保养道路和管理交通的机器,你能说出它们的名称和功能吗?

我的工作是铺设新路面。滚烫的沥青被我均匀地铺在地上，像一张黑毯子似的，冷却硬化后，它就成了新的沥青路面。

我车斗里装的这种黑黢（qū）黢、遇热时变黏糊、受冷时变硬变脆的混合物叫沥青，它是用来铺设新路面的材料。

我负责向司机预告前方的路况。图中这个标志表示前方有两条车道禁行。

我时刻观察着路上行驶的汽车，如果有车开得太快，我就亮起警告标志，提醒司机减速慢行。

我的前后分别装着一个笨重的圆柱形的磙子，方便我在新铺的路上开过来开过去，把路面压平压实。

我的雷达可以监测过往车辆的速度。如果有车辆超速行驶，我就把它们拍摄下来，向交通警察报告。

我亮起红灯，是在说："停下！等一会儿再过马路。"我亮起绿灯，是在说："现在可以通行。"

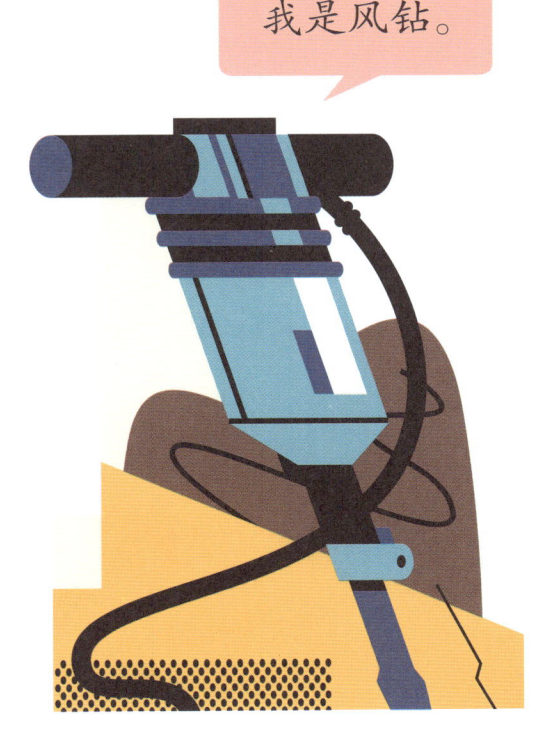

工人们用我在路上钻洞。为什么叫"风钻"呢？因为我是用压缩空气做动力的风动工具。

海 港

海港里呈现出一片繁忙的景象，其中最引人瞩目的是超大的集装箱货轮靠岸，机器从货轮上卸下沉重的集装箱，或者把它们装到货轮上。沿着沙滩走走，你会发现其他先进、实用的机器也在运转着。

我负责在船头收放大锚：用电机卷起锚链时，大锚会被收上来；用电机释放锚链时，大锚会被放下去。

我从卡车上卸下五颜六色的金属集装箱，把它们堆放在码头上，然后一个一个地装上船。

我矗立在岬角上，用闪烁的灯光提醒过往船只注意周围的礁石。

出现紧急状况时，我会载着救生艇，迅速赶往海滩，然后倒着驶入浅水区，把救生艇放入大海。

我是集装箱起重机。

我负责给货船装卸集装箱。我配备了专门的吊具,可以夹在集装箱的顶部,并牢牢地抓住它。

我是集装箱货车。

我在货船之间来来往往,运送金属集装箱。我的车身又长又平,可以让集装箱稳稳当当地躺在上面。

我是金属探测器。

你可以拿着我在沙滩上寻宝——边走边扫,说不定会有惊喜收获呢!嘀嘀……这些沙子下面有金属。

我是手推式沙滩清洁机。

你只需像推割草机一样推着我在沙滩上走一走,我就能轻松地把垃圾从沙子里清理出来,同时还能平整沙滩。

餐馆的厨房

正值用餐高峰期,顾客的肚子饿得咕咕叫,不时地催促服务员上菜。对厨师和其他工作人员来说,这意味着要不停地准备和烹饪新的食材,还要及时清洗用过的餐具……厨房里忙得热火朝天,幸好有专门的餐饮设备,人们可以省时省力!

只要给我装上不同的搅拌器，我就可以对搅拌桶里的食材进行相应的加工：打蛋，和面，搅拌。我集多功能于一身！

只要把东西放在秤盘上，我就会通过数字显示器"告诉"你精确的重量。

我的盖子下面有成排的细金属条，你可以把食物放在上面悬空加热。

我一边加热箱内的空气，一边用风扇把热风均匀地吹到食物上。有想烤的食物就尽管放进来，不要客气！拿的时候别忘了戴烤箱手套！

土豆和水放进来后,我就开始轰隆隆地运转。我的内壁很粗糙,土豆和它不停地碰撞摩擦,很容易脱皮。

土豆放进来后,我会让它们高速旋转着挤过纵横交错的刀栅,变成细长的薯条。

厨房里经常水汽重、油烟大,这时我就派上用场了!我开动风扇,把它们吸进管道并排出去。

我可以大批量地清洗餐具,冲走粘在上面的食物残渣,让餐具变得光洁如新。

城 市

在快节奏的城市生活中,我们对大街小巷里的许多事物都习以为常了。你有没有发现,无论在商店中还是在公园里,都有机器在忙碌地工作着。我们的城市能够保持整洁、正常运转,离不开它们的贡献。

我既不用人推,也不用人拉。当感应到有人靠近,我就会慢慢地自动旋转,方便他们进出。

我是一段会自动升降的楼梯。每当我的梯级上升到顶部时,它会像变戏法似的"消失",然后重新出现在底部。

请把银行卡插进来,"告诉"我你要取多少钱。我会跟银行系统确认,然后从你的帐户里扣钱,吐出现金来。

我一边沿着街道行驶,一边用两个圆形刷子扫地——它们能松动粘在地上的垃圾,我的吸嘴会像吸尘器一样把垃圾吸进去。

你好,我是机器收银员。请把商品放在打包区,出示条形码,然后把钱放进投币口付款,或者扫码支付。

我既是计算器,又是钱箱。收银员敲击按键算出货款,然后把收取的钱放进下面的抽屉里保管。

我每天都要去你家附近的街道"巡视",把街边垃圾桶里的东西装进车厢里。装满车厢后,我就去垃圾回收中心把它清空。

我能吹动道路上或绿化带里的树叶、草屑等,把它们集成一大堆,便于清扫。我的电机和风扇被收纳进一个背包里,不管携带还是操作都很方便。

矿 井

在深深的地下矿井里,很多种机器正在运转:有的负责挖掘,有的负责切割,有的负责运送……采矿是一项系统而又复杂的工程,不仅需要做详尽的规划,还要用到很多专门的设备。

我是通风机。

我旋转叶片,促进空气在矿井和巷道里流动,为矿工们提供新鲜空气。

我是矿用自卸车。

我比其他类型的自卸车要矮,这样才能在空间有限的矿井巷道里行驶。我负责运输沉重的矿石。

我是颚式破碎机。

我用坚硬的金属颚把中等大小的矿石破碎成小石块。

我是皮带输送机。

我被安装在巷道里,用又长又宽、能匀速前行的带子运送矿石碎块,方便货车装运。

我有一个气动机械臂，可以用很大的力量在大矿石中凿孔，把它破碎成小石块。

我和矿用自卸车一样又矮又壮，我的前面有一个装货用的大铲子。

井下的大金属笼子装满矿石后，我就用坚韧的钢丝绳把它沿着井筒提到地面上。

地下有很多水。我及时把水抽出去，防止矿井被淹。

主题公园

主题公园若想人气爆表，新奇刺激的游乐设备少不了！它们有的能带着游客在空中旋转飞舞，有的能载着游客在地面或水上碰撞颠簸……当游客玩累了，还可以来点儿现做的小零食，听听舒缓的音乐！

> 我是过山车。

我载着乘客来到高高的陡坡顶上，然后飞驰而下……我们继续沿着上下起伏的轨道高速滑行，最后安全抵达终点。

> 我是摩天轮。

我的主体是一个巨大的转轮，每根长长的辐条末端都有一个带座位的轿厢。我慢慢地旋转，带你缓缓升入高空，把整个主题公园的景色尽收眼底！

> 我是旋转木马。

顾名思义，我是一种可以旋转的游乐设施，旋转大平台上有可以骑的彩色木马。当我随着音乐旋转起来时，木马也会上下移动，让你有一种策马奔腾的感觉。

> 我是华尔兹转盘。

我转啊转，越转越快，直到轿厢里的乘客都被甩得紧贴在椅背上，双脚离地，微微腾空！

> 我是碰碰船。

我的电动机驱动螺旋桨旋转，推着我在水中前进。你可以驾驶着我在一个小池塘里与别人驾驶的船互相追逐、碰撞。

> 我是碰碰车。

我是一辆电动小车。我用车身下面的导电轮和触针跟金属地面接触，用车后方的长杆与天花板相连，获取移动所需的电力。

> 我是棉花糖机。

我转动身体，把受热融化的彩糖甩成细丝。糖丝缠绕成团后，就成了蓬松、甜蜜的棉花糖。

> 我是游乐场管风琴。

我在主题公园的中央演奏音乐。我的体内有一个相当于乐谱的圆筒，上面排列着像盲文一样的凸点。圆筒转动时，不同的凸点碰到音板，我就会奏出优美的旋律来。

索 引

播种机	4
裁断机	24
草坪割草机	13
测速摄像头	37
叉　车	25
场记板	29
超声诊断仪	20
车次电子显示屏	32
冲压机	25
抽水机	53
抽水马桶	13
抽油烟机	45
除颤器	20
吹叶机	49
打草机	13
打夯机	33
打捆机	5
打磨机	33
打印机	16
打桩机	9
灯　塔	40
电冰箱	12
电　梯	16
电动摆渡车	32
电子秤	44
电子交通标志牌	36
电子限速牌	36
颚式破碎机	52

发电机	29
翻斗车	36
风　钻	37
腹腔镜	21
干手器	17
滚筒式干衣机	12
过山车	56
焊接机器人	24
华尔兹转盘	56
混凝土搅拌车	8
机　车	32
挤奶机	5
计算机	16
计重秤	20
集装箱货车	41
集装箱起重机	41
剪叉式升降机	9
剪羊毛机	5
搅拌机	44
交通信号灯	37
金属探测器	41
救生艇投放车	40
咖啡机	17
烤　架	44
烤　箱	44
空　调	17
矿井提升机	53
矿用装载机	53

矿用自卸车	52		土豆去皮机	45
垃圾回收车	49		推土机	9
犁地机	4		拖拉机	4
沥青铺路机	36		挖掘机	8
联合收割机	4		X光机	21
麻醉机	20		吸尘器	13
麦克风	28		洗碗机	45
锚机	40		洗衣机	12
棉花糖机	57		显微镜	21
摩天轮	56		旋转木马	56
农田割草机	5		血液分析仪	21
喷涂机器人	25		压路机	37
碰碰车	57		摇臂	29
碰碰船	57		游乐场管风琴	57
皮带输送机	52		凿岩机	53
平板夯实机	9		照明吊车	28
清扫车	48		正面起重机	40
取料抓手	24		制冷饮水机	17
热水器	12		装配机器人	25
摄像机	28		自动导引车	24
摄像机轨道车	28		自动扶梯	48
手推式沙滩清洁机	41		自动检票机	33
收银机	49		自动取款机	48
碎纸机	16		自动售货机	33
塔式起重机	8		自动售票机	32
调音台	29		自动旋转门	48
通风机	52		自卸车	8
土豆切条机	45		自助结账机	49

图书在版编目（CIP）数据

机器每天都在做什么？/（英）乔·纳尔逊
(Jo Nelson) 著；（塞尔）亚历山大·萨维奇绘；陈宇
飞译. — 青岛：青岛出版社，2023.5
　ISBN 978-7-5736-0986-1

Ⅰ.①机… Ⅱ.①乔… ②亚… ③陈… Ⅲ.①儿童故事－图画故事－英国－现代 Ⅳ.① I561.85

中国国家版本馆CIP数据核字（2023）第046773号

What Do Machines Do All Day? © 2019 Quarto Publishing plc
Text © 2019 Jo Nelson
Illustrations © 2019 Aleksandar Savić
All rights reserved.
No part of this publication may be reproduced, stored in a retrieval system, or transmitted, in any form, or by any means, electrical, mechanical, photocopying, recording or otherwise without the prior written permission of the publisher or a licence permitting restricted copying.
本书中文简体字版权经英国 Wide Eyed Editions 授予青岛出版社有限公司，由青岛出版社独家发行出版。
版权所有，侵权必究。
山东省版权局著作权合同登记号　图字：15-2019-131号

	JIQI MEITIAN DOU ZAI ZUO SHENME?
书　名	机器每天都在做什么？
著　者	[英]乔·纳尔逊
绘　者	[塞尔维亚]亚历山大·萨维奇
译　者	陈宇飞
出版发行	青岛出版社（青岛市崂山区海尔路182号，266061）
本社网址	http://www.qdpub.com
邮购电话	0532-68068091
责任编辑	梁　颖
内文设计	戊戌同文
印　刷	北京利丰雅高长城印刷有限公司
出版日期	2023年5月第1版　2023年5月第1次印刷
开　本	8开（965 mm×635 mm）
印　张	8
字　数	80千
印　数	1-8000
书　号	ISBN 978-7-5736-0986-1
定　价	42.00元

编校印装质量、盗版监督服务电话：4006532017　0532-68068050
本书建议陈列类别：图画书